씨, 발아하다

씨, 발아하다

안
병
선

시
집

책만드는집

텃밭에 둥굴레를 심은 지 몇 해가 지났다.
관리하지 않고 내버려 두었더니
번지고 번져 영역이 제법 넓어졌다.
수확할 때가 지났다고 주변 사람들
이구동성으로 말하는데
이번 가을에는 거둬야겠다.
둥굴레를 묶으면 제법 오래
차로 달일 수 있을 것이다.
이 시들이 둥굴레 같기를 바라면서
110년 만에 가장 무더웠다는 여름 막바지에
내 시도 묶어 내놓는다.
첫 수확이다.

－ 2018년 뜨거운 여름에

안병선

| 차례 |

2부

3부

4부

1부

자석

나눌 테면 나눠봐라
원자까지 쪼개봐라

막대를 나누어도
말굽을 갈라봐도

속성은 그대로인걸
사랑이란 그런걸

하늘이 캄캄해도
시선은 한 점 극점

아무리 돌려봐도
내 눈길 꽂히는 곳

그대는 나의 북극점
나는 너만 보는걸

당신, 꽃

꽃잎들,
두꺼운 나무껍질을 뚫고
화사하다
어떻게 저럴 수 있나, 생각하다
갈비뼈에서 여자가 피었다는 말
네가 내 가슴에 피었다는 말
응, 응, 고개가 끄덕여진다
내 가슴뼈가 욱신욱신 쑤시는 것은
네가 어제보다 환해진다는 것
네가 싱싱해진다는 것
가슴에서 핀 네가
얼마나 오래도록 향기로운가
얼마나 부드럽게 굳센가
당신, 백 년 홍
내 가슴이 붉다

무화과

소심한 A형
안으로 안으로 붉게 화가 쌓이면
안에서 바깥으로
마침내 금이 간다

아무리 화가 나도
불꽃처럼 폭발은 못 하고
삐죽,
열꽃만 조금 비출 뿐
또 참고 만다

안으로 피는 꽃
당신은 無火果
덕분에 삼십 년 동안 우리는
탈 없이 붙어 있다

용접

하나 되는 몸부림이다
너도나도 서로에게 스며들어야만
물도 공기도 마음도 담을 수 있다
겉으로 보기엔 잘 붙은 것 같아도
물을 붓고 압력을 올리면
미세한 틈으로 비집고 새어 나온다
덧용접을 하면 깨지기 쉬워
열 받은 데 또 열을 가할 수 없다
당신과 나도 그랬다
처음부터 은행알처럼 완벽한 하나를 꿈꾸지만
너만 녹으라 한 때가 다반사
함께 녹아 하나가 되는
저 완벽한 기술을
은행나무에게서 배워야 한다

짝

저걸 어떻게 떼야 할까
붙은 지 오래된 한 쌍이 떨어질 줄 모른다
붉은 눈물로 서로를 껴안고 한사코 한 몸이다
네가 세모면 나도 세모요
네가 네모면 나도 네모인
세포까지도 같은 볼트 너트의 나라
뾰족한 각도가 같아야 하며
반짝이는 피부는 반짝이는 것끼리
검은 것은 검은 것끼리,
산과 골의 거리가 맞아야 뿌리까지 조여지는,
너와 난 규격품이다
허용치를 벗어나면 용납이 안 되는
산업 현장의 까다로운 짝꿍 검사
한번 맺으면 뼈가 삭을 때까지 짝이다
평생 함께 흘린 눈물로
저리 단단하게 붙은 짝을 보라
눈물보다 견고한 접착제를 나는 본 적이 없다

매화 꽃눈

엄마가 처음 만난
분만실 아기 같아
외마디 환희 속에
열리는 생의 신비
숨
조
차
멈추게 하는
향 머금은 꽃단지

너도 꽃

잡티 없는 하얀 목련은
피부 하나로 미인 축에 들었다

한 가지만 남달라도
찬사를 받는다

애야,
너도 꽃이 아니냐

소불*꽃

푸른 텃밭에
하얀 강물로 흐르는 꽃물결
간짓대 같은 꽃대에
간당간당 꽃잎들 수면에 띄우고
찰랑찰랑 흐르는 미리내
건너편 상추밭의 그대와
이쪽 들깨밭 나의 거리가
문득, 견우와 직녀처럼 아득해지다가
칠석이 언제인가 생각하네
까치 몇 마리 멀리서 먹이만 쪼다 가고
까마귀는 산에서 내려오지 않는데
오작교는 어디 있나
나를 건너게 할 이 누군가
직녀여, 여기를 보오
들깻잎 따다 말고 나는
잠깐 조는 꿈처럼 견우가 되는데
하늘엔 낮달이 빈 배로 건너네

* 부추.

탱자꽃

그녀는 소심형,
가시 겨드랑이에서 핀다
삼엄한 경계 속, 세모시 적삼 입고
수줍게 고개 내밀어 바깥세상을 바라본다
벌조차 접근을 꺼리는 감시 속에 살아
여름만 되면 서양 여배우 같은 옆집 장미가
드러내 놓고 담장을 넘나드는 게
부럽기도, 부끄럽기도 하다
빨간 입술 반쯤 열어
오가는 사람 입술 다 받아주는
저 서양 여자를 이해할 수 없는 그녀
한 번도 식탁에 초대받아본 적 없는
그녀는 기껏해야 울타리 노릇이나 하는
운명이라고 생각하다
지난해 낳은 노란 탱자 여남은 알 만지작거리며
이것들의 미래는 나와 다르겠지 생각한다
이런 날은 자식 없이 다발로 꺾여 팔려 간
입술 붉은 서양 여자도 부럽지 않다

그 자리

장복산 넘나드는 고개는 푸릇하고
굽이진 옛 도로에 벚나무 여전한데

활짝 핀 꽃송이 사이
단발머리 언뜻하네

새봄의 여좌천은 꽃터널로 화사한데
그 애는 어딜 가고 개울은 말랐구나

한 시절 마음 머물던
꽃자리가 저긴데

진해루 열사흘 밤 달빛에 나는 젖고
지난날 떠올리는 기억은 흐릿하네

서른 번 지나간 봄이
그 아이를 지웠네

무지개, 어디에 뜨나

숨차게 찾아왔네
무지개 뜨는 언덕
그것을 잡으려고 부릅뜬 눈 핏발 섰네
언덕에 올라왔더니
마른 덤불뿐이네
무지개 안 뜬 삶을
울면서 기도했네
눈물 뒤 속눈썹에 피어난 일곱 빛깔
비 오고 뜬다는 것을
울고 나서 알았네

억새 화가

파란 하늘에 그림을 그려요
양 떼, 새털, 솜사탕
한 가지 색으로 그려도 이렇게 예뻐요
가끔 고릴라나 토끼를 그리지만
심술쟁이 바람이 금세 지우기도 해요
흰색이 싫증 날 때쯤
노을이 달려와서 붉은색을 입히기도 하지요
수많은 붓이 함께 칠해도
언제나 그림은 하나예요

푸른 스파르타

한 치의 양보도 없다
배려란 애초부터 없다
여름 내내 가장 뜨거운 삶이 있는 곳이 푸른 밭이다
칡을 타고 넘는 호박 넝쿨과
다시 호박 넝쿨을 올라타는 칡덩굴,
토박이 칡도 굴러온 호박도 이를 악물고 사투를 벌인다
넓은 호박잎과 칡 이파리가 서로 따귀를 때리며 싸우는
전쟁 통의 정글에서도
아, 생명은 태어나
애호박 두어 개 보이고
제법 둥그런 녀석도 그늘 속에 자리를 잡았다
잎보다 더 오래 익을 텐데
익는다는 것은 아슬아슬한 외줄을 타고 건너는 것이다
무르디무른 호박손이
질기디질긴 칡덩굴을 감아쥐고
칡밭 같은 세상에서
어떻게 살아야 하는지, 어떻게 익어야 하는지
노란 나팔로 웅변하고 있다

그믐달에 경배하다

한 달에 한 번은 절해야 한다
겸손을 배우라는 듯이
배불뚝이 몸을 동그랗게 말고 뒹구는 판다처럼
형광등 아래서 펼치는 묘기다
폐 속 공기가 압력을 이기지 못하고
터지는 휴―, 그 소리 끝에
딸려 나온 그믐달 열두 개
소년의 사춘기 반항처럼 자라는
그걸 모셔내려고 엎드린다
아직 뼈가 말랑한 세 살 때
혹독한 홍역과 함께 찾아온 발가락 병,
양쪽 엄지는 반으로 갈라진 달을 밀어 올렸다
돼지처럼 쪽 진 발을 가졌으나
되새김질 못 하는 짐승은 부정하여 먹지 말라던
경전 말씀 덕분에
나는 먹히지 않았다
때론 어긋난 돼지 발톱이란 비아냥을
들을 때도 있지만

한 달에 한 번씩 올라오는 그믐달을 향해
경배 의식을 치를 때는 경건하다
발가락 수보다 두 개 많은 달만큼
더 오래 엎드려야 한다
신이 살려준 증표를 발가락에 지니고

유산

거머리보다 독한 놈,
그걸 붙이고 학교까지 오다니

수업 중에 귓등이 가려워 만져보니 뭔가 미끄덩했다
손가락 두 마디쯤 되는
물컹거리는 검은 거머리 한 마리
도톰하게 배가 불러 있었다

개울물에서 세수할 때 손이 스치는
그 짧은 순간 달라붙어 그때까지 흡혈했으니
긴 시간, 얼마나 포식했을까
산다는 건 이렇듯 은밀하게 악착같은 것,
순간의 기회를 놓치지 않고 붙잡는 것이다
친구들은 거머리보다
내가 더 독하다 했다

그랬다
한번 물면 떨어지지 않는 집요함에

아내는 징그럽다고 고개를 흔들었다
그 피를 물려받은 일곱 살 아들은
처음 본 줄팽이를 밤새워 던져 돌리는 데 성공하고
엄마에게 칭찬받았다

그래, 그런 거지
물려줄 것 없어도 잘 무는 것 하나면 되었다
세상 잘 살겠다

마이산

귀만 쫑긋 세워
무슨 소리 듣는가

백일기도로 소원을 빌었던
이태조는 나라를 얻었다길래
내게 필요한 건 나라보다 시라고
나지막이 귀에 대고 속삭였는데

이제는,
너무 많은 소원에 난청이 왔는가
너는 귀머거리가 되었구나
세상 소원 다 모이는 마이산엔
바람願 소리인지 바람風 소리인지
동풍처럼 귀 옆으로 빠져나간다

돌탑처럼 쌓인 소원 중에
내 소원 하나 더 없은 것이 부끄러워
슬그머니 내려놓고

나는 귀나 잘 들렸으면 좋겠다고
귓가를 쓰다듬어주었다

서풍이 불면 네 청각 깨어나고
움푹움푹 파인 상처도 아물 거라고
안쓰러운 마음에 하마터면
천기를 누설할 뻔했다

유니폼

신은 유니폼을 좋아하신다
목련에는 하양
개나리 가지엔 노랑
진달래밭엔 빨강
살구나무에는 연분홍
소나무와 잣나무에는 사시사철 푸른 유니폼을
지어 입히시곤
참 보기 좋다 하신다
개나리유치원 노란 유니폼을 입은
병아리들을 보고 나도
참 예쁘다 한다

확인하다

거울 저쪽은 캄캄하고 깊었다
내 시선이 서늘하게 깊은 허공을 내리달아
나와 연결된 끈의 저쪽 끄트머리를 찾아 배회했다
'밤에 거울 보면 곰보 색시 얻는단다'
거울을 들여다보는 아들에게 어머니는 말씀하셨다
그 후로 밤에는 거울 볼 엄두도 내지 못했는데
장가들 나이가 되자 어머니 말씀이 생각나
젊은 여자를 볼 때마다 곰보 자국이 있나 없나
살피는 것이었다
거울 속 미로를 돌고 돌아 나온 끈의 이쪽과 저쪽이 묶
이고
한동안, 묶인 끈이 다른 끈의 끝인 것만 같았는데
어느 날,
잠자는 아내의 이마에 곰보 하나 있는 걸 발견했다
오래전, 거울을 통과한 내 시선이 거기 박혀 있었다

토마토

겉 푸르면 속 푸르고
겉 붉으면 속 붉은

까 보일 필요 없고
뒤집을 필요 없는

도무지 속일 줄 모르는
가장 정직한 너여!

꽃댕강꽃

저 앙증맞은 나팔은
아기 천사의 나팔
날개 달린 아기들
무리 지어 작은 나팔 들고
향수를 불어댄다

냄새나는 세상
가리는 것도 잠시일 뿐
향기가 멈추고 저 나팔이 울리는 날,
세상 죄는
댕강댕강, 모가지가 날아갈 것이다
사랑하는 자의 이름을 부르며
새 하늘이 내려올 것이다

도로변에서 공원에서 그날을 기다리며
나팔은 오늘도 묵음이다
그때까지는
오싹한 비밀을 샤넬 No.5로 감추고 있다

왕과 허수아비

정중동,
달팽이보다 느리게
후퇴 없이 땅을 덮는다
사방팔방 초록 동맥이 그물처럼 뻗어간 곳과
코끼리 귀 같은 잎이 만든 그림자까지가 영토다
확보한 영역에 노란 깃발
아폴로 11호 달 깃발처럼 꽂으면
몰려드는 벌 나비들
뙤약볕 아래서도 은은한 달빛에서도
수시로 도는 여치 사마귀 불침번이
침입자를 막는다
이파리 아래 두근거리는 아기 호박들
드러난 아기는 애장터로 잡혀가고
위장술로 숨은 초조의 석 달
가지나무 고추나무 키 작은 무화과나무까지
넝쿨로 포박하여 텃밭을 평정한 날
두둥!
황포黃袍를 입고

녹의綠衣 사이 똬리에 좌정한,

왕

골 깊은 얼굴에 위엄이 배어 있다

곧 거실 좋은 자리로 모셔질 것이다

황포를 입고 싶었으나

가까스로 애장터를 탈출한 나는

남루를 걸치고 두 팔 벌려

텃밭 언저리에 서 있다

줄

가냘픈 호박손이
죽은 나뭇가지를 잡고,
버려진 전깃줄을 움켜쥐고 있다

소금기 묻은 해풍을 버티고
체온 낮은 가을바람을 견딘 것도
단단히 움켜쥔 줄 덕분이다

산다는 것은 저렇듯
잡을 만한 줄을 야무지게 잡는 것,
나를 살릴 줄을 붙잡는 것이다

나는 하늘을 오르는 줄을 잡았다
생명줄이다

2부

희망

오늘은
오늘을 살자

눈떠지면
아, 하루 살았구나

또
오늘만 살아내자

어제가
가장 낮은 바닥이리니

잡초

네
이름
모를 때
부르는 통칭

나는
얼마나 자주
누군가의 잡초였을까

미안하다
풀들아

인품

나는
언제쯤이면
들꽃처럼 홀로 있어도
향기로울까

바꿀걸

서른둘 김소월이
서른의 박인환이
스물여덟 윤동주가
스물일곱 이상이

천재는
수명과 시를 바꾸고 요절했다

소월은 진달래꽃
인환은 목마와 숙녀
이상은 오감도
동주는 서시인데

어쩌다 명줄 긴 나도
시 한 수와 바꿀걸

퇴고

작은 트럭 위
전기 통닭구이
오 단계 퇴고를 거치면서
기름이 뚝, 뚝, 빠진다
닭이 통째 익는다
감정을 쫙 뺀 시들이다

달팽이는 집이 무겁다

우주 안에 태양계
태양계 안에 지구
지구 안에 한국
한국 안에 집
집 안에 몸
몸 안에 나
이렇게
작은
난
돈도 벌고
시집도 내고
이름도 유명해지고
신춘문예 당선도 되고
꿈이 지리산보다 훨씬 크다
큰 꿈 꾸는 내 앞에 달팽이 한 마리
제 몸보다 큰 집을 지고 느릿느릿 길게
진
땀

을
흘리고 간다
밤새도록 간 길이
화단 경계석을 못 넘었다

별은 낮에 잠든다

공단 위 밤하늘이 까맣다
총총 빛나던 별들은 밤이 되면 지상으로 내려와
휘황하게 낮으로 산다
별은 참새와 같은 족속,
외곽 울타리에 줄지어 앉고
오십 미터 타워 꼭대기에도 앉는다
파르스름한 신생 별빛
불그스름한 노쇠한 불빛
윙윙거리는 기계 속,
쉭쉭, 돌아가는 회전체 사이사이
윤활유처럼 반짝인다
펌프가 밀어 올린 뜨거운 피가
꿀룩, 꿀룩, 돌고
근육이 불끈 불거진다
야식을 먹은 눈꺼풀을 힘주어 일으키는 시간
별은 기계들에 간식처럼 빛을 한 모금씩 떠먹이고
동녘이 환해지면 새색시처럼 조신하게
조도를 낮춘다

이른 아침, 교대조가 기계 사이를 돌며
쓰담쓰담 안부를 묻고
집으로 돌아간 고단한 야행성은
두꺼운 커튼으로 아침을 차단하고 저녁을 청한다
밤을 꼬박 새운 저들이 내일을 키운다

오동도 동백꽃

한 모가지 뚝, 떨어지는
단두斷頭는 무사답다
단칼에 베어지기를 두려워 않는
사내 같은 꽃
거친 눈보라엔 당당히 뜨겁다가
바다를 건너온 따스한 바람 앞엔
한없이 약한 순정
거친 파도에 맞서 핏줄이 불거진
이곳 사내들, 피가 뜨겁다

불발의 봄

딱딱한 나무껍질을 뚫고
화사한 꽃이 나온다

나는 얼마나 굳어
보드라운 꽃잎 하나 안 나올까

내 안에도
신神은 꽃을 듬뿍 넣어두었을 텐데

은행 같은, 은행나무

거리에 나뒹구는 부도난 노란 지폐
파릇이 빳빳하던 잎이
누르스름하게 변색하여 값없이 쌓인다
푸른 힘이 몇 장 필요할 때
단 한 장도 쉽게 안 주던 나무
IMF가 다시 왔을까
은행나무가 빈털터리가 되고 있다
문턱 높은 은행 대출 창구 앞에서
마음 졸이던 때도 지나갔고
월급날, 수금 직원 손으로 월급의 반을 넘겨주던,
하늘이 노랗던 시절도 지났는데
저 은행나무가 어쩐지 그때 은행만 같아서
은행도 금고가 빌 때가 있다는 걸
뿌리째 흔들거리는 때가 있다는 걸
저도 알았으면 싶다
지금은 누런 지폐 몇 장쯤 넣고 있으니
은행 앞에서,
은행나무 아래서 서성일 필요 없지만

저기에 신사임당 얼굴이 어른거리는 것은 왜일까

잎 진 나뭇가지 사이에 까치집 하나,

집은 이래야 한다고

찬 바람에도 끄떡없이 앉아 있다

복숭아나무 분별법

나는 복숭아나무
향 철철 흐르는 황도가 열릴까
솜털 보송한 개복숭아가 열릴까
씨가 여물어가는데
개복숭아인지 참복숭아인지
아직은 분별할 수 없다
신이 내 발목에 숨겨놓은 네 개의 씨
언젠가는 사람들이 나를 심어놓고
산을 내려가며
개복숭아라거나 황도라거나 할 것이다

기대

금강송 해송 미인송 적송
백두대간이 키워낸 소나무들
흥인지문 돈의문 숭례문 숙정문을 짓고
궁궐도 지었는데
나무 중의 나무라는데
한 아름 넘게 굵어진다는데
아카시아나무 탱자나무 귤나무 두릅나무
가시 있는 나무들
한 아름 되는 나무 없다는데
기둥도 대들보도 못 된다는데
가시 있는 나는
어디에 쓰이겠냐는데
아카시아나무는 성막 짓는 데 쓰였다고
누가 쓰는지에 따라 다르다고
나도 그럴지 모른다고
기대하고 있는데

반지, 풀리다

한 아름 됨 직한 늙은 소나무
재선충에 쓰러지기 전까지
해마다 송편 솔잎을 공급했는데
오래 살았다는 할머니 말씀이
저에게 하는 말인 줄 알았을까
맥없이 마르더니 결국 푸른 숨을 놓아버렸다
산불이 났을 때도
산사태가 났을 때도
살아남았던 저 나무
해마다 한 개씩 반지를 늘리고
그 반지의 힘으로 비바람을 견뎠다
반지가 많아질수록 허리통도 굵어져
할아버지 산소 지키는 파수꾼으로 제격이었는데
사지가 불그죽죽 달아오르더니
불끈불끈 뻗던 뿌리가 멈추고
이파리도 향기가 말랐다
할머니는 옥가락지 하나로 아흔 넘도록 사시다가
너무 오래 살았다 하시며

할아버지 옆자리에 누우셨다
마법 풀린 반지, 옆구리가 쪼개져
담을 걸 담지 못하고 스르르 다 흘렀다

어깨에 힘 들어간 사연

운동장처럼 넓게 트인 삼등 객실
누웠다 앉았다
비상구가 어디더라
구명조끼 어디 있나
눈길로 더듬는다
수평선만 아득히 보이는데
여기서 기울면 어떻게 나가나
근심이 선창 유리처럼 두꺼워진다
녹슨 구조물
객실 문 위엔 일본 글 문패가 걸려 있는
남해고속카훼리호
녹동에서 제주까지 생각에 잠긴다
공포에 떨었을 눈동자며
철판을 긁었을 손톱이며
학생증을 목에 거는 심정을
상상으로 흐릿해진 눈망울에
아내가 보여준 딸의 문자
"선장 말 믿지 말고 아빠 말 들으세요"
부실한 어깨에 힘이 들어간다

짓다

밥 짓고 옷을 짓고
죄짓고 이름 짓고

글 짓고 농사짓고
짝짓고 웃음 짓고

한평생
짓고 짓다가

마무리는
흙집 짓고

펴지지 않는 꽃

고뇌의 흔적이 뭉쳐 있다
펴지지 않은 낙하산은 얼마나 아찔한가
펴지지 않은 꽃잎은 또 얼마나 위험한가
불순한 광고처럼 꽃을 안으로 감추고
지독히 내성적인 부피를 키운다
최초의 사람이 부끄럼을 알고
가장 먼저 이용한 이파리
우주에서 오는 고향 소식 같은
부서진 태양과 바람을
손을 펼 수 있는 만큼 한껏 펴서 받는다
모든 생명이 한곳으로부터 나오지만
그렇다고 다 형제는 아니다
한 테두리에 모여야 살 수 있다는 걸 알기까지
긴 세월이 필요했다
살기 위한 행위는 언제나 성스러운 것,
안에서 살고 안에서 꽃 피워야 하는
비밀스러운 만개를 아무도 몰라야 한다
열리면 창을 들고 달려드는 세력들

아무 때나 나를 열 수가 없다
머리보다 생각이 커질 때
두개골을 열면, 거기 펼쳐지지 않은
겁먹은 꽃잎들이 빼곡하다

낯익은 포즈

청매실 주렁주렁
녹즙이라도 흘릴 것 같은 포즈와
양파 뿌리 동그랗게 알통을 키우는
아령 같은 포즈는
봄일까
여름일까

대출받아 빌려달라는 부탁에
아직 덜 여문 양파 한 번 쳐다보고
매실 한 번 쳐다보고
다글다글 익어가는 텃밭만 보다가
눈 못 맞추는 포즈는
잊을 만하면 재생되는데

어디까지 바다고
어디부터 하늘인지
경계가 희미한 나의 포즈

나의 정체

나인 듯 나 아닌 나
남인 듯 남 아닌 나
나를 대신해서 행세하는 나
나는 나 아닌 나를
나로 착각하며 살지
나는 들꽃을 꿈꾸는데
다른 나는 벌이 되지
나는 사람이 되기를 원하는데
다른 나는 짐승이 되기도 하지
지금은 내 안에 붙어 분리를 못 하지만
언젠가 한 번은 갈라설 때가 올
흙으로 된 나와
영으로 된 나
하나가 둘이 되는 날
비석에 한 줄 힌트만 줄 것이다

나, 여기 없다

몸속으로의 여행

또 그 녀석이다
불청객 주제에 한번 오면 꼭 하룻밤을 묵고 간다
얼굴도 보여주지 않고 슬그머니 들어와
불을 지펴 욱신욱신 압력을 높인다
곧 터질 것 같은 쭈그렁 호두를 눌러보며
'토하세요?'
'자다가 깨세요?'
흰 가운이 물었다
똑똑한 MRI는 뚝딱 호두알 사진 한 장을 내밀었다
'음, 특별한 이상은 보이지 않는군요
이 결론은 서울에서 판독한 겁니다
여기 주름이 많을수록 머리가 좋은 겁니다'
흰 가운은 묻지 않은 말에 답변했다
모니터를 가득 채운 호두알이
물에 불린 손처럼 쭈글쭈글한데
어제 묵고 간 녀석의 흔적이 없다니,
'현대 의학의 발전이 눈부십니다'
흰 가운의 말에 신뢰가 없었다

차라리, 밤마다 찾아오는 사내의 옷자락에
비단실을 묶었다가 날이 밝아 정체를 밝혔다는
이야기가 더 믿을 만하다고 생각했는데
'신장비 MRI 도입'
현수막이 펄럭이며 목에 핏대를 세워 외치고 있었다

맹장론猛將論

도원결의로 관우 장비를 얻은 유비는
촉나라를 세우고
조조는 조인 하후돈을 거느리고
위나라를 세우고
손권은 황개 정보 등의 도움으로
오나라를 세웠소
제갈량 사마의 순욱 같은 지략가도 필요하지만
전장戰場에서 필요한 건 맹장猛將이오
맹장 밑에 약졸 없듯
맹장盲腸이 튼튼하면 배 속 바이러스도 용맹하다오
쓸모없다던 맹장,
신이 왜 만들었는지 모르겠다던 맹장이
몸에 이로운 박테리아 보관소였소
떼어낸 지 십 년,
장腸이 재난을 겪을 때
용감한 바이러스를 출전시킬
저장 창고를 없애버렸소
내가 왜 비실거리는지 이제야 알겠소

청룡언월도 번쩍이며
관우가 유비를 지키는 것처럼
나를 지켜줄 맹장이 없어졌소
맹장盲腸이 맹장猛將인 줄 이제 알았소

명미정 名未定

아버지 형제들과 그 자녀들이
모두 기재된 제적 등본
내 이름이 있을 칸이 텅 비었다
특기란에 적힌 명미정
이름 없이 출생신고 했다는 뜻이라는데
오십 년이 넘도록 비어 있는 칸
내 후손들이 제적 등본을 뗀다면
그들은 조상 없는 후손이 되는 것인가
내가 세상에서 사라져도
왔다 간 흔적이 없을 비어 있는 칸
나는 있어도 없는 존재
모두에 포함되지 않은 존재
내가 없는 세상인데
아침이 밝고 저녁이 온다
언젠가 올 그날을 미리 맛보고 있다

러시아워

출근길,
발 디딜 틈 없는 지하철
꽉 찬 시루에 올라타려
역마다 콩나물 한 움큼씩
기다리고 있다
날마다 전쟁 치르듯
비집고 탔던 베이비붐 세대들
이제는 퇴근길이다
장례라는 지하철을 타야 한다
러시아워를 피해
남보다 일찍 타거나
늦게 타야 하는데
눈치 빠른 동창생 녀석
어제 아침,
새치기해 타고 가버렸다

3부

시월에

시월입니다
詩月입니다
시월의 오동도는 비어 있지만
그대만 있으면 다 있는 겁니다
백만 송이 등불을 켜려고 몸을 달구는 동백나무와
파도가 차곡차곡 밀어 넣은
바위틈 해조음과
신우대 이파리 서걱거리는 속살거림이
그대를 맞이합니다
형용사 없는 그대의 푸른 깊이입니다
군데군데 팻말로 서 있는 그대를 만나
동박새 노래처럼 경쾌하게
그대와 동행하는 길
오동도 오르내리는 오솔길을
시로 넘는 시월詩越입니다

그대, 여수를 아시는가

그대, 여수를 보시려면 눈을 다시 떠야 해
오동도 엑스포 향일암 한려수도 밤바다 산단 야경 해상
케이블카
몇 가지 음식만 보고 여수를 말하지 마시게
여수 바다에 서서 사백여 년 전 이야기를 눈 감고 들어보
시게
여수 어디든 그대가 걷는 모든 길이 충무공이 걷던 길이니
길에서도 들을 것이네
최초의 삼도 수군 통제영이 있던 진남관의 과거, 진해루
에서
올리는 횃불이 장군도를 휘감아 가막만을 훑고
선소로 들어가는 소리를 들을 것이네
거북선 건조하는 망치 소리, 창칼을 벼리는
세검정의 풀무질에 망마산이 벌겋고
삼백 명의 승병을 보낸 흥국사 고목엔 말 매던
다급한 장군의 숨소리 매여 있네
출전하는 판옥선 위에서 잠시, 눈길 머물렀을
노모가 계신 송현마을과

임진왜란 내내 전승하고 돌아오는 수군의 함성과

맞이하는 백성의 환호가 들리지 않는가

명나라 진린 도독이 진을 쳤던 묘도 도독골에서

이순신대교의 위용을 보시게

순천왜성에서 광양만을 통하여 도망하려는

왜군을 가로막는 거북선처럼 떠 있네

대교에서 바라보는 노량, 저기서 벌어진 마지막 전투

천자 지자 현자총통이 허공을 찢고

불화살이 유성우처럼 날던 저기가

태양이 진 곳이네

여수의 속살을 이만큼 보고 마음 떨리거든

애양원에 들러 사랑의 원자탄 손양원 목사를 만나보시게

그리고 여수를 떠나기 전

애국과 사랑이 어떤 건지 생각하며

여수를 한 번 더 생각해보시게

그대, 여수를 조금 안다 하리니

오동도 삼월

춘백잎 동박새도
윤나는 푸른 날에

꽃잎으로 불 밝혀
봄날을 인도하네

꽃샘이 몽니 부린 밤
바닥까지 비추네

외딴섬 오솔길에
느지막이 붉은 춘백

단호한 무사처럼
한칼에 목을 던져

갯바위 푸른 파도에
꽃등으로 피었네

꽃신

내 가장 오래된 기억에는 꽃신이 있지요
좌우가 없는 고무신에 알록달록
꽃 그림이 그려진 아기 꽃신
아침에 부엌에 밥하러 나간 엄마 따라
아장아장 나선 아들이 있었고
마룻장이 차가워 발가락이 오므라들면
엄마는 앙증맞은 꽃신을 아궁이 불에 살짝
데워 신겨주셨지요
따뜻해진 발로 아궁이 앞에 앉아
아른아른 초점을 삼키는 불꽃을 보곤 했지요
어느 날엔가
엄마가 아궁이 앞을 잠깐 비운 사이
꽃신을 벗어 불 속에 넣었지요
불꽃이 일었지요
아궁이에서 활짝 꽃으로 피었지요
발은 따뜻해지지 않았지만
크고 시커먼 방고래가
환하게 밝아졌지요
꽃신 이야기에 팔순 어머니도 환해지지요

팽이채

어머니는 팽이처럼 때렸다
아이스께끼 장수 앞으로 질질 끌고 가
반바지 밑 맨살에 싸릿대로
붉은 줄을 새겨놓았다
네댓 살 아들의 양 손가락 사이사이 끼워진
아이스께끼는 녹아내리는데
아이스께끼 장수가 슬그머니 자리를 뜰 때까지
싸릿대는 종아리에서 춤을 췄다
오십 환이라고 써진 백동전 하나를
아이스께끼 장수에게 주고
두 손 가득 아이스께끼와
종아리 가득 맷자국을 받았다
팽이처럼 맞았지만 팽이처럼 서지는 못했다
어디서든 돈이 눈에 띄어도
손대지 않은 것만 바로 섰을 뿐
나는 아직도 섰다 넘어졌다 하면서
비칠비칠 돈다
거친 맨땅에서 나를 돌린

다 닳아버린 팽이채
이젠, 말씀으로 나를 돌리신다

어머니, 외갓집을 가다

어머니 마음은 지금 열 살,
소녀가 되어 외갓집을 간다

칠십 년 전, 갈래머리 촐랑거리며
모롱이 돌아 안골마을
엄마가 없어 외할머니 보러 가는 길
산자락 따라 도랑이 홀로 재잘거리는 길
진달래 방긋하고
뻐꾸기 소리 졸음 겨운 봄 길
어쩌다 산꿩이 푸드덕대며
적막 깨는 길을
소녀가 홀로 갔더란다

저기쯤 물 좋은 우물이 있었지
우물 왼쪽 돌아 조금 올라가면
굵은 감나무가 있는 집

엄마 없는 소녀가 외갓집에 왔는데

외할머니도 없고 집도 없고
다 늙은 감나무는
어머니를 몰라보고 멀뚱거리고

꼬부랑 감나무를 여든 살 소녀가
가만히 만져본다

꽃눈, 다시 필까

"저놈의 책을 싹 불 질러버려야…"
노기 서린 호통이 마당비를 들고
방까지 뛰쳐 들어왔다
책에 빠지면 그림 속 정물이 되는 걸
부지런한 아버지는 못마땅해했지만
나는 게을러서 행복했다
새 학기 책 나오면 다른 학년 책을 빌려 와 읽었고
전도용 소책자를 뜻도 모르고 읽었다
벽지로 드러난 신문지는
키 닿는 데까지가 책장이었다
중학교는 도서관이 있어서
가방은 나보다 늘 배불렀다
여드름이 필 때쯤
아담처럼 눈이 틔어 내가 보였다
나는 너무 추웠고
곧 꽃눈이 오그라들었다
이제, 타원처럼 멀리 돌아오는 봄 길목에
서 있는 내게

꽃눈이 다시 피려는지
심장이 간질간질하다

사랑

자주 횟배를 앓았다

왼손으로 코를 쥐고 오른손으로 손잡이를 힘껏 돌리면
택, 택, 택, 시동이 걸리는 시커먼 발동기가
을훈이네 공터에 있었다
울타리 탱자꽃이 창백한 어느 아침
아버지는 식전의 나를 데리고 거기로 가셨다
택택이가 먹다 남은 붉은 기운이 감도는
기름 한 컵을 얻었다
'마시면 배 안 아플 거다'
코를 쥐고 보약처럼 마셨다
축 처져 있던 내가
택, 택, 택, 시동이 걸리는 것 같았다
다른 아이들은 맛보지 못한 귀한 걸
초등학교도 들어가기 전에 맛보았다
남들은 '저 어린것의 간이 어찌 될꼬' 하면서
걱정하는 말을 했지만
그건 모르는 소리다

이후 난 횟배 앓는 일이 없어졌고
양 볼에 치자 물이 들었다

아버지의 등

내 나이 예닐곱 때

떡국 먹고 체하고
고구마 먹고 체하고

체 내리는 할매 집
꼬막동 시오 리 길을
아버지 등을 타고 오갔다

세단보다 넓고 따뜻한
아버지의 등

예닐곱 내 나이의
앰뷸런스였다

막걸리

뽀글뽀글, 소리가 좋아
귀가 먼저 마시고 배부른 후에야
막 걸러내서
마음아 너 마셔라
흔들어서
위아래 섞인 평등을
넘치도록 따르는 한 사발
논두렁에
바짓가랑이 걷어붙인
아버지
아리랑 곡조에 녹아 휘도는
흥, 흥,
흥이 막 나는 막걸리

내리 덕담

깨같이 여물어라

어머니 설날 덕담
그 말씀 힘입어서 올해도 여물겠네
한마디 덕담 힘으로
오십 년을 영글었네

깨같이 여물어라
마음에 고인 말이
아이들 머리 위에 축복으로 부어지네

나처럼
저 아이들도
오십 년은 여물겠네

소쩍새 우는 밤

소쩍소쩍 솥 적다
늦은 저녁밥 안치는 며느리 등 뒤에서
노망든 시어머니
금세 또 배고프다고 투정하는 밤
먹어도 먹어도 배고픈
보릿고개 악몽이 기억에 남아
저녁내 솥 적다고
소쩍소쩍 솥 적다고
들을수록 허기지는 봄밤
배부른 게 장땡이라고
큰 솥 걸라고
소쩍새 우는 밤

녹차밭 이무기

길고 둥글게
산등성이를 따라 돌아간 유려한 몸통
운무 자욱한 숲에서 꿈틀꿈틀,
승천하지 못한 용이 푸르게 누웠습니다

긴 등허리 사이사이엔
떨어져 쌓인 용의 비늘들
저걸 다시 붙이면
용틀임하며 하늘로 오를 수 있을지

승천하지 못한 불운이 안타까워
그의 등을 어루만지는데
주룩주룩 쏟아지는 빗물

어머니,
우산 펴지 마세요
그건 나의 눈물입니다
오래전 벗겨진 나의 비늘입니다
내가 타고 승천할 물줄기입니다

카네이션

카네이션은 묵상默想이다
가슴 먹먹해지는 훈장이다
심장의 꽃이다
어머니 가슴에도
내 가슴에도
카네이션 한 송이 피었다
어머니 앞에선
내 카네이션은 부끄럼이다
딸아이가 달아준 카네이션
대문 앞에선 호주머니에 담는다

늙은 호박

토마토가 빨갛게 색이 변하면 익었다 하고
참외도 수박도 고추도 잘 익었다 하는데
왜,
호박이 누렇게 익으면 늙었다고 할까
작년 가을에 수확한 늙은 호박 하나
방 안에 신문 방석 깔고 점잖게 앉아 있다
볼 때마다 왜 늙었다 할까를 생각하다가
마음엔 어느새 어른으로 자리했다
어른이 계시는 그 방 출입도 조심스럽고
큰소리 나올 뻔하다가 눈치 보여서
얼른 마음을 진정시킬 때도 있다
나이 들어 알게 되었다
집 안에 어른이 계시면 싸울 수 없다는 걸
'익었다'를 '늙었다'로 바꿔놓은 화법,
어른이 필요한 시대에
사람보다 대접받는 '늙음'이다

운조루

행랑채엔
빗소리가 손님처럼 들어앉았고
사랑채 장도長刀 두 자루는
주인 없이 늙었다
구름 속에 숨은 새처럼 걸린 현판,
이백오십 년 세월이 깃털만큼 가벼운데
명당도 늙는지
근본 있는 뼈대도 야위었다
아무나 열 수 있는
쌀뒤주 내놓던 고택에
팔십 넘은 종부가 받는 천 원의 입장료는
옛날의 마음값인가 세월값인가
한때는 명당이었지만
명당은 땅이 아니라 나누는 마음자리라고
넓은 구만들野에 비가 고인다
올가을에도 풍년이겠다

옻

건드리지 마라
너의 온몸에 불이 붙으리라
전염병보다 독하고 들불보다 빠르게 번지리라
말랑말랑한 자는 스치기만 해도
불꽃 만난 휘발유처럼 타리라
그렇게 한 열흘쯤 타면 재만 남아
가장 깨끗한 처음으로 돌아가리라
다 타면 순금처럼 나오리니
불 맛을 여남은 날 견디는 것으로
새살이 돋는다면 얼마나 좋겠느냐
세상이여,
너는 그렇게 한번 불타야 하리라
나, 옻나무를 심고 또 심어
네게 뿌리고 바르리니
태우고 또 태워라
그러면 정결한 몸으로 다시 태어나리니
어찌 세상이 환하지 않으랴
어찌 이 불이 약이 아니랴

딴에는

자벌레가 축지법으로 길을 간다
제 몸을 구부렸다 펴면서
땅을 접었다 편다

제 딴에는 도통한 비법이다

내게도 그런 딴이 있다

거미줄

저것은 계획도시의 도로망
공중에 세우는 도시는
바큇살 모양으로 뼈대를 고정한다
방사선으로 뻗은 도시 중앙엔
로터리가 파문처럼 웅크렸다가
도시가 커지면
제1 순환로 제2 순환로 제3 순환로…
제12 순환로까지 퍼져나간다
순환로는 사실 음침한 늪지대,
발을 들여놓는 순간 목숨을 내놓아야 한다
제아무리 날개를 파닥여도
케블라 섬유*보다 강한 줄을 끊을 수 없다
날개가 있어도
제 발 하나 들지 못하는 세계가 있다는 걸
날개만 믿는 것들은 알지 못한다
비 온 뒤에는 물방울 등燈이
교차로마다 반짝이지만
무시하고 달리는 나방들이 있다

밤새도록 Web에 걸려 바둥거리는

날개 짧은 사람이 있다

* 인류가 만든 가장 강한 섬유. 단위 굵기의 거미줄은 이 섬유보다 훨씬 강
  도가 높다.

행방불명

호기심 많은 어느 수학자가 계산했다
지구에 왔다 간 사람의 수가 얼마인지

영리한 공식이 내놓은 답은,

천억 명

다 어디로 갔을까?

언젠가는
내가 찾으러 갈 날이 있을 것이다

피라미의 용기

백운산 해발 육백 미터 계곡
물 맑은 웅덩이에 피라미가 떼 지어 살고 있다
피라미들은 이 깊은 계곡까지 어떻게 올라왔을까
연어처럼 단번에 올라왔을까
대를 이어가며 조금씩 올라왔을까
독수리가 바람을 타듯 물길을 거슬러
저 조그만 꼬리를 힘껏 쳐댔을까
나는 저렇듯 치열하게 물살을 치고
살지 못한 것이 부끄럽다
한번 거슬러 오르지 못한 채 저수지에서 수십 년을 보낸
나는, 왜 세상은 맑지 않으냐고 소리쳤다
높은 계곡에서 두문동 선비처럼 유유자적하는 피라미가
너의 꼬리는 어디 있느냐고 묻는데
나는 꼬리 없는 꼬리뼈만 간질거리는 것이다

팽이의 마조히즘

때려라
더운 입김을 내뿜으며
이마에 송골송골 땀이 맺히도록
때려라
죽었던 자존이 일어나고
기둥 없이도 줏대가 서리라
스스로는 못 서는 원뿔 기둥
맞은 만큼 살아나고
몸을 휘감은
뜨거운 열정이 무지갯빛으로 돈다
함께라면 껴안고 돌아
뜨겁게 서리라
얼음 위라면 더 좋으리라
닳도록 휘둘러라
꼿꼿하게 서리라
아, 죽었다가 살아나는 발칙한 의존성
너의 수고에 한마디 신음도 없이
발딱 일어나 당당하리라

뼈 없이도 네 손길에 살고
뾰족한 성깔도 네 매에 순하다
그러다가
퍼질러 누우면
그 곁에 비스듬히 누우리라
닳아진 너의 욕구를
안쓰럽게 쓰다듬어주리라
숙명적으로 경사진 태생이라
맞고 설 수밖에 없으므로
이제 너는 새로운 채찍을 준비하라
다시 살리라

4부

씨, 발아하다

움트는 봄날
씨감자 싹처럼 파릇한
네댓 살 꼬맹이들
세발자전거로 공터를 누빈다
유리알 같은 웃음 날리다가
자전거 뒤엉켜 넘어지고
툭툭 털며 터져 나오는 말
야, 씨, 발, 아,
따사로운 햇살 속에서
씨, 발아하고 있다
내일의 아름드리가 파랗게 뾰족하다

스트레스를 위한 변명

독이다, 치명적인
$S=W/A$이므로
면적당 받는 힘이 클수록 스트레스는 커진다
때로 부러뜨리기도 하고 터뜨리기도 하는
이것은 요주의 관리 항목이다

바깥에서 힘이 작용하면
안에서 저항력이 발생하는 건 당연한 일
하여, 바깥 힘을 받지 않거나
면적을 넓히는 것이 해결책이다
바깥은 영역 밖이라 어쩔 수 없다면
안쪽 A를 넓히는 건 가능한 일이다
마음을 넓히면
S를 최소로 줄일 수 있지

이런 사람이 우리 동네에 있다
꼬마들이 제 친구처럼 대해도
도무지 화낼 줄 모르고

욕을 해도 싱긋 웃으며 '감사합니다' 할 뿐
누구에게도 적대감이 없는 그는
동네서 바보로 불리지만
그의 마음 크기는 울타리가 없다
그는 A가 넓고 독 없는 사람이란 걸
아는 사람은 다 안다

CCTV, 나를 기록하다

감춰진 눈동자로 불신의 시대를 기록한다
기술의 첨단을 자랑하지만
알고 보면 첨단은 내 안에 있다
가끔 아려왔던 명치 한 치쯤 위에서
스물네 시간 나를 녹화하는 눈
나는 잠재적 범죄자이므로 예방이 필요하다
언제부터였을까
두 갈래 혀의 꼬드김에 넘어간
귀가 얇았던 내 할머니,
의심 생긴 동산 주인은
후손 갈빗대에 CCTV 달았을 것이다
할머니 닮은 식탐으로
담장 너머 홍시 하나 따 먹고
무화과 잎 속 쭉쭉빵빵을 상상하다가
흠칫 분노가 일 때도
"당신 찍혔어"
부끄러움이거나 수치이거나
시기 질투까지 죄다 컬러로 찍는다

어쩌다 행하는 선善에는 시큰둥하면서
지난밤 첫사랑을 품은 꿈까지도 찍은
저 파파라치,
나도 모르게 내가 기록되고 있다

사과의 항변

아담의 사과라고?
당신의 목울대가 튀어나온 것이 나 때문인가?
당신이 그날 먹은 것이 뭔지 모르면서
나를 핑계한 건 비겁함이다
꼬임에 넘어가 금지된 열매를 먹은 건
당신 아닌가
맛있어 먹어봐
단물이 뚝뚝, 떨어지는 여자의 말,
그건 명령을 어긴 여자의 발목 잡기였어
꼬드기는 여자와 먹지 말아야 할 과실 중
어느 쪽이 치명적일까?
당신의 후손들이 여자 앞에서 늘
핑계 대는 걸 보면 유전자의 힘이 느껴져
당신을 부르는 신의 음성에 깜짝 놀라
목에 걸려버린 장물贓物
후손의 목에 영원히 남을 흔적인데
이게 무화과일 수도 있지 않은가
당신과 당신의 여자가 무화과 잎으로

몸을 가린 걸 보면

그런데 왜 당신의 사과인가?

왜 나인가?

번성의 방식

생육하고 번성하라
절대자의 명령이다

y는 순종의 징표이고
모든 생육과 번성은 y로 이루어진다

족보의 맨 처음에 있는 내 뿌리,
칠백 년 전 할아버지는 순종형이었다
할아버지는 평생, 가지 몇 개를 만들었고
그 가지는 다시 몇 개의 y를 밀어 올렸다
새로 나온 y마다 또 y를 뻗고
그중 하나인 나도 한 가지 냈으니
y는 생육과 번성의 기호인 셈이다

까치가 y 자 가지에 집을 지어
몇 마리 새끼를 치는 걸 보고
가지가 흐뭇한 것은
같은 유전자를 가진 까닭이다

새와 나무와 나, 언어는 달라도
y 자에 대하여는 같은 해독을 한다
생명에는 신의 기호가 새겨져 있다

파문

파르르 떨 때 너는 언제나 분노거나 울음이다
징에 새겨진 너는 준비된 울음이고
빗방울 떨어지는 연못에 일어날 때는
진행형 울음이다
항상 둥글게 일어나서 멀리까지 굴러가는 너는
울퉁불퉁 돌멩이가 들이박아도 둥글게 일어나고
직육면체 벽돌이 박치기해도 둥글게 구른다
나이테로 불리는 것도 베임을 당할 때
굳어버린 울음일지도 모른다
모양새는 갖가지라도 본질은 분노이거나 울음이다
바다에 뒤집힌 세월호로 넌 크게 일었고
군대에서 일어난 총기 사고에도 따라왔다
날마다 크고 작은 일로 세상은
비 오는 연못 같다
그가 멀리 날아갔다는 소식이
내 가슴에 떨어졌을 때도 동그랗게 떨었다
창고 궤짝에서 잠자는 징이거나
풍경을 대칭으로 비추는 연못이거나

떨지 않는 널
나는 고요한 평화라고 부른다

마음을 편집하다

무지개 한 조각과 떼어낸 바람 한 자락과 노란 별 두어 개와 물든 나뭇잎 서너 장과 신의 인자한 미소가 스테인드글라스에 편집되었다 통과한 빛은 경건하게 꽂히고 울리는 노래는 장엄하게 고딕이 맞춤처럼 어울리는 여기 천상에서 내려온 천사 둘이 날개로 아기를 감싸고 있다 그 아래 무릎 꿇고 묵상에 잠긴 나도 엄숙의 포즈로 편집되고 마음은 신의 세계를 탐색한다

창세기에서 말씀 한 조각과 시편과 사도행전에서 두어 조각씩 떼어내 스테인드글라스처럼 편집하면 가장 간결한 문체로 귀에 들린다

'평안하여라'

더위의 유효기간

절기법 제24조

1

소서부터 처서까지

사십팔 일간 더위를 허용한다

처서가 서ᄬ를 처분하면

더위를 더 이상 주장하지 못한다

2

제1항을 어긴 모기는

입이 비뚤어지는 형벌에 처한다

신의 나이를 생각하다

달랑 한 장, 애처로운 십이월
마지막 잎새처럼 벽에 고정하면
시간도 고정될까 공상하다가
문득, 신도 나이를 먹는가 궁금해지는데
나이테가 있는 것도 아니고
늙지도 않는 신의 나이를 왜 세는 걸까
나는 백을 넘겨 세기 어려울 테고
대를 이어 센들 신의 존재만 아득해질 뿐
세나 마나 의미 없는 신의 나이
그러다가 문득,
연대기 기산의 기준으로
나의 생몰 연대는 물론이요
세계 역사를 담는 그릇,
Anno Domini*에 담긴 그의 이야기,
그리고 세상에서 사라진 것들은
이 그릇 밖에 있다는 것을 깨닫는다
신도 한 살 더 먹는 A.D. 2017년이 코앞인데
여기엔 무엇이 담길까

아직 도착하지 않은 신의 나이는
희망이다

* 라틴어로 신(예수)의 나이.

그날의 기도

석양이
하늘가를 능소홧빛으로 물들이고
바다에 풀어지듯
내 마지막 사랑도
오후 세 시의 골고다 십자가처럼 물들게 하소서

눈감을 때
고운 치잣빛 가운데서 평안하게 하시고
다시 눈 뜰 때
찬란한 빛 가운데서 뜨게 하소서

그 빛은
세상에서 못 보던 빛이지만
낯설지 않은 빛이 되게 하소서

자비로운 눈길을 나에게 맞추시고
당신의 피 묻은 손으로 잡아 일으키시고
부드러운 음성으로 말씀하소서

내 사랑하는 자야
나와 함께 거하라

사자가 풀을 뜯고
이리가 어린 양과 함께 살고
독사의 굴에 손을 넣어도
해됨이 없는 거기

나,
당신께 안겨
당신을 높이는 노래 하리니
그 노래
영원히 이어지게 하소서

소금쟁이

외딴 물웅덩이
소금쟁이 한 마리
지게에 소금을 잔뜩 지고
끙,
다리 벌려 일어선다

소금 사려
소금 사려

물 위를 걸으며
외치는 소리 파문처럼 퍼지고

너희는 세상에 소금이 되라

3% 소금 때문에
바닷물은 썩지 않는데
백 명 중 소금 같은 세 사람이 없구나
탄식하며

물 위를 걷는 성자聖者

웅덩이마다 복음을 전한다

배꼽의 사유思惟

솜씨 좋은 그분도 처음엔 만들지 않았다
가문의 문양처럼
완성품에 추가로 붙여진 몸의 옹이,
동산에서 쫓겨난 후 생겨난
대물림의 흔적이다
최초의 소유자는 살인자였고
두 번째 소유자는 피살자였다
없었을 때가 에덴이었지
볼 때마다 쫓겨난 동산을 그리워하는 건
어쩔 수 없는 유전적 향수다
동글동글 작은 소용돌이
생명을 매달았던 꼭지
거슬러 가면 죄의 뿌리가 드러나는 저걸
메워버리는 길은
죄 없는 피로 덧칠하는 것뿐이다
텃밭에서 커다란 돌멩이 캐낸 자리
밭의 배꼽처럼 우묵한 구덩이를
몇 삽 흙으로 메꾸는 어스름 녘

스멀스멀 땅거미가 핏물처럼 흘러
움푹 파인 데를 메운다

참회

나는 뱀이로소이다
두 갈래 갈라진 혓바닥으로
하와를 늪에 빠지게 한 내 조상처럼
너를 꼬여낸 나는
미끈한 뱀의 후예로소이다
달콤한 내 혀에 휘둘려
허우적거리며 침몰하는 너는 하와의 후예
원수가 원수를 만나 작은 동산을 만들어
순정한 뱀과 하와가 되자고 했지만
그건 에덴에 대한 오래된 향수일 뿐
나는 에덴을 꿈꾸었으나
내 발은 죄를 데리고 들어왔소이다
에덴으로 돌아가 죄짓기 전의
찢어진 혀를 꿰매고 싶었소이다
그러나 허물을 입고 갈 수 없는 꿈의 유토피아는
너를 옭아맨 나의 갈라진 혀와
긴 몸뚱어리를 토막을 내
제물로 올리면 회복할 수 있을까

너의 할미가 먹은 동산 실과는
안약 묻힌 실과라고
눈이 밝아지는 것이라고
너의 순진한 욕망에 불을 붙인 나는
지옥 불에 던져질 뱀의 후예로소이다
너를 꼬여 죄를 입히고
스스로 허물 벗지 못하고
제물로도 쓰지 못할 나는
너의 원수 뱀이로소이다

UFO 밀밭 착륙기

키 크고 곧은 밀은 베기가 수월했다

밭 가운데 멍석 한 장만큼 내려앉은 UFO 자국
한 번도 UFO를 본 적 없지만
온갖 상상이 피어올랐던 그 밀밭
모락모락 김 나는 찐빵을 새참으로 먹은 우리는
키득거리며 달 없는 어젯밤 다녀간 찐빵 같은
UFO 이야기에 빠져 있었다
무심코 고개를 드는 순간
눈앞에 반짝거리는 까만 점 두 개,
밀 모가지에 올라앉은 뱀이,
벌거벗은 하와를 꼬여내던 그 달변으로
어젯밤 여기가 에덴동산이었다고 속삭였다
섬뜩한 눈과 갈라진 혓바닥에
UFO 궁금증도 에덴동산의 자유도 공포가 지워버리고
이후로, 나는
푸른 밀밭에 착륙은커녕 근처도 못 가는 청춘이었다
UFO 한 번도 못 만들어본 청춘이

어찌 詩의 짜릿함을 알겠는가

맛있는 연애시를 짓는 저 시인은 필시 UFO를 타봤을 것
이다

크리스마스는 죽었다

죄를 맡아주신,
십자가에 달려서 대신 죽으신,
그리스도가 태어난
크리스마스가 죽었다

흰 눈이
선물 더미가
빨간 옷 영감이
멋모르는 빨간 코 사슴이
마구간 아기를 못 보게 가리더니

선물을 주고받으며 즐기는 연인들 웃음이,
십자가보다 빛나는 상점 불빛이,
입 벌린 양말이
기어이 크리스마스를 죽였다

자기 땅에 왔으나
자기 백성이 영접하지 않았던 그날처럼

오늘은 주인의 생일을 지우고

神이 외아들을 맡겼던 이스라엘은
주인의 아들을 죽이더니
우리는
크리스마스를 죽였다

엉겅퀴

로마 병정 채찍 같은 神의 회초리
'땅이 네게 가시덤불과 엉겅퀴를 내라'
신의 말씀을 거역한 나에게 내려진
꽃으로 맞는 형벌은
맞을 때마다 쫓겨난 곳을 그리워하도록
배려한 신의 뜻이 담겨 있다
그 배려를 잊어버린 나를 위해
신은 다시 강조했다
십자가에서 뺀 못을 버린
골고다언덕에 피꽃이 피었다
부활로 피어난 자줏빛 방울 회초리
'돌아오라'
그래도 나는 그분의 뜻을 알지 못했다
피꽃, 선지자 외침 같은 핏빛 절규를
묘지 사잇길을 가다가 들었다
가시꽃 회초리가 후려치자
심장이 붉은 죄를 울컥, 게워냈다
스르르 무릎이 꺾였다

임종

얼마나 두근댈까
얼마나 황홀할까
혼례식 전날 밤 가슴 떨린 기대감에
그분과
대면하는 날
설렘으로 눈뜨는

개똥 같은 고롱개*

우리 동네서 가장 느긋한 고롱개나무,
매실나무와 감나무가 사람 발소리에
눈치를 볼 때도 천하태평이다
가지마다 청포도 같은 고롱개가
지난해도 풍년이더니
올해도 꽃이 만발한 것이 또 풍년이겠다
해거리를 모르는 줄기찬 생산력에 비해
도통 쓸모없는 고롱개
이듬해 봄까지 노랗게 주렁주렁한,
아무짝에도 쓸모없어 아무도 눈길 주지 않는,
태평인 저 고롱개
높은 가지 끝까지 올라가 매달려도
아무도 눈길 주지 않는
고롱개 같은 나는,
저 푸른 고롱개가 노랗게 고롱고롱
백수까지 살듯이
귀신이 시샘할 것 없는 나는,

* 멀구슬.

프로의 세계

-주산지 왕버들

저 포즈는 프로다

하반신이 썩어도
얼음이 덮어도
부동으로 골몰하며

당신의 한 컷을 위해

자, 웃어요
찰칵!

씨는 받았고

그러니까 그 친구 씨방이
모과만 했을 때가 스무 살쯤이었지
모과 따러 나무에 올라갔다 떨어지면서
나뭇가지에 찔린 내 친구
죽는다고 사타구니를 움켜쥐고
굼벵이처럼 둥글게 몸을 말면서 뒹구는데
어디를 다쳤냐는 누님의 손을 한사코 뿌리치고
아이고 나 죽겠네
숨도 못 쉬고 소리만 질러댔지
그 친구 거기가 따려던 모과만큼 부풀었지만
다행히 터지지도 떨어지지도 않았지
약 바를 땐 골방에서 혼자 끙끙댔는데,
씨방은 괜찮을 거라는 의사의 말을 위안으로 삼았지
이제 늦둥이로 본 외아들이 그때 제 나이만 하고
아들을 볼 때마다 흐뭇한 미소가 번지는데
그걸 바라보는 나도 슬며시 웃는데
그 까닭을 그의 아내도 아들도 모르고 나만 알지
간신히 씨는 받았다고

씨방 터지지 않은 이야기를 할 때면
삶이란, 씨를 받는 일인가 싶다가
문득 숙제를 다 한 것 같기도 해
저 아이도 굵은 모과 주렁주렁 매단
모과나무가 될 거야
가득 열린 자식은 힘이지, 아무렴

똥의 순환

똥은 밥이다
종種이 다른 똥은 다른 종의 밥이니
쇠똥구리가 경단을 빚는 일
아이가 싸놓은 김 모락모락 나는 똥을
개가 참참거리며 맛있게 먹는 일
밭에 뿌려진 닭똥에 작물이 살찌는 일
모두 똥의 힘이다
백운산의 해우소 옥룡계곡
크고 작은 똥, 최근에 생긴 똥, 닳고 닳은 똥
무더기 옆에서
닭 굽는 냄새, 염소 굽는 냄새, 매미 우는 소리
빗소리, 천둥소리
여름 내내 숲이 받아먹고 계곡에 배설한다
둥글둥글 염소 똥 같은 바위에 앉고 누운 사람들,
제가 쇠똥구리인 줄 모르는데,
숲의 오줌이 철철 흐르는 계곡으로
검은 세단이 쇠똥구리를 가득 싣고 들어온다
우아하게 선글라스 끼고 해우소로 밥 만들러 온다
누군가는 또 누군가의 은인일 때가 있다

산이 똥을 누면

똥밭에 서서 생각해본다
구절양장 끝자락에서 밀려 나와
봉긋하게 싸놓은
똥들은 생전에 제가 얼마나 잘나갔는지 말한다
비석이 재잘거리고
석상의 어깨가 으쓱, 목이 뻣뻣하다
그래봤자 똥이다
오래된 똥은 비바람에 흔적도 없고
백 년이 지나면 그 있던 자리에
아파트가 생기고 공장이 세워진다
가만 보니 나는 지금 山의 창자
어디쯤을 지나는 중이다
똥이 되는 중이다
언젠가 끝자락에서 끄응,
힘 한번 주면
어느 산자락 뫼山똥으로 떨어질 것이다

깊고 넓고 따뜻한 발견의 안목

신병은 시인

어떻게 하면 내 말에 귀를 기울이게 할 것인가? 어떻게 하면 내 말에 공감하게 할 수 있을까? 화제도 그렇고 언어 부림도 그렇지만 그보다는 대상과 현상에 숨겨져 있는 비밀을 캐내어 소문을 낼 일이다. 소문은 강렬한 호기심을 동반하고 있다. 호기심을 불러일으키는 '수상한 이야기, 발칙한 상상력'을 시 창작 원리로 적용하면 어떨까.

꽃의 소문, 나무의 소문, 풀의 소문, 바람의 소문을 내려면 대상을 오랫동안 지켜보고 관찰하여 그 대상이 지닌 비밀을 하나 발견할 수 있어야 한다. 그래서 시 창작의 두 가지 키워드가 관찰과 발견, 발견과 적용이다.

시는 내 말에 귀를 기울이게 하는 나의 소개서다. 소개를 하는 것, 내가 나를 소문내는 일이다. 물론 나쁜 소문은 살짝 뒤 켠에 밀쳐두고, 작정하고 내 소문을 한번 내어보자고 생각하 면 대상의 또 다른 모습을 보려고 하기 때문에 쉽게 새로운 모 습을 발견할 수 있다. 시를 쓰려고 하지 말고 소문을 한번 내어 보자고 작정하고 달려들면 그동안 보지 못했던 대상의 속 이 야기를 쉽게 만날 수 있을 것이다.

속을 훔쳐보라. 속을 들여다보면 많은 삶의 지혜가 안겨 있 다. 들여다본다는 것은 시선이고 시선은 만남이다. 그래서 창 작의 건강한 출발을 위해서는 강렬한 호기심의 한마디가 필요 하다. 이처럼 호기심을 불러일으키는 '수상한 이야기'에 귀를 기울여봐야 한다. 훔쳐보는 즐거움이 있기 때문이다.

시와 독자들의 거리가 자꾸만 멀어지고 있는 현상도, 시를 좋아하고 읽는 '문학소녀'란 말이 우리 곁에서 사라진 것도, 한 편의 시가 역사의 축이 되던 시대가 저물어간 지 오래된 까닭 도 알고 보면 진정으로 공감할 수 있는 한 편의 시를 만나기 어 렵기 때문이다. 내 말에 공감할 수 있는 발견이 없기 때문이며, 폭력에 가까운 언어의 파괴 때문이다. 하지만 분명한 것은 한 편의 좋은 시는 분명 우리 삶의 공감이고 감동이란 점이다. 요 즘처럼 힘들고 지칠 때 한 편의 시가 하루를 행복하게 하고 한 편의 시가 우리 삶에 여유를 찾게 해준다.

어머니는 팽이처럼 때렸다

아이스께끼 장수 앞으로 질질 끌고 가

반바지 밑 맨살에 싸릿대로

붉은 줄을 새겨놓았다

네댓 살 아들의 양 손가락 사이사이 끼워진

아이스께끼는 녹아내리는데

아이스께끼 장수가 슬그머니 자리를 뜰 때까지

싸릿대는 종아리에서 춤을 췄다

오십 환이라고 써진 백동전 하나를

아이스께끼 장수에게 주고

두 손 가득 아이스께끼와

종아리 가득 맷자국을 받았다

팽이처럼 맞았지만 팽이처럼 서지는 못했다

어디서든 돈이 눈에 띄어도

손대지 않은 것만 바로 섰을 뿐

나는 아직도 섰다 넘어졌다 하면서

비칠비칠 돈다

거친 맨땅에서 나를 돌린

다 닳아버린 팽이채

이젠, 말씀으로 나를 돌리신다

　－「팽이채」 전문

모든 상상력은 경험이 발효되면서 발아한다. 천 가지 경험이 하나의 아이디어를 만든다. 아리스토텔레스도 문학은 언어로 인생을 모방하는 예술이라 하지 않았던가. 사건을 모방하면 소설이 되고 감정을 모방하면 시가 된다. 그래서 모방의 다른 말은 재현과 반영, 발견과 적용일 것이다.

시 창작은 타자와의 끊임없는 대화이자 소통의 방식인 셈이다. 아득한 유년의 추억 속에 안겨 있는 아릿한 삶의 흔적이 보인다. 요즘 세태에는 결코 만날 수 없는 풍경이다. 그 시대를 살아온 사람이면 누구나 한 번쯤 시에 등장하는 어머니가 되고 아이가 되었다. 그 당시에는 잘못한 일이 있으면 어머니의 훈육 방식에 따라 "팽이처럼 맞았지만", 이제 그때 그 팽이채는 닳고 닳아 말씀으로 나를 돌리고 있다.

안병선 시인은 사람에 대한 이야기, 사람이 쓰고 사람이 읽는 이야기에 관심이 많다. 가장 재미있고 힘 있고 사람의 마음을 잘 움직일 수 있는 소재와 주제라고 믿기 때문이다. 그는 늘 사람에 대한 따뜻한 고민과 사랑의 마음으로 시를 쓴다. 그래서 그의 시를 읽고 나면 늘 '사람'이라는 단어 하나가 가슴에 남는다. 이 점에서 먼저 그의 시의 키워드를 다음 몇 가지로 요약할 수 있다. 그것은 본질을 바라보는 깊고 넓고 따뜻한 안목과, 세계를 새롭게 풀어내는 재발견의 즐거움, 하나님 품 안에서 모두가 행복한 인간애와, 연상과 유추, 은유에 의한 통섭과 울림으로 말을 건네는 공감이다.

움트는 봄날

씨감자 싹처럼 파릇한

네댓 살 꼬맹이들

세발자전거로 공터를 누빈다

유리알 같은 웃음 날리다가

자전거 뒤엉켜 넘어지고

툭툭 털며 터져 나오는 말

야, 씨, 발, 아,

따사로운 햇살 속에서

씨, 발아하고 있다

내일의 아름드리가 파랗게 뾰족하다

　－「씨, 발아하다」 전문

　손때 묻은 것들이 정겹듯이 시, 시의 언어도 그렇다. 공터에
서 세발자전거를 타는 씨감자처럼 푸른 아이들의 입에서 툭툭
터져 나오는 말, "야, 씨, 발, 아"라는 말 속에 안겨 있는 봄 햇살
과 아이들의 내일을 발견하는 안목이 참 맑다. 시인이 바라본
맑은 풍경은 우리의 마음을 맑게 한다. 눈을 밝게 한다. 그리고
내가 보인다. 나를 회복한다. 고요하면 맑아지고 맑아지면 밝
아지고 밝아지면 보인다고 했다. 물이 고요하면 그 아래 사는
송사리며 말미잘도 잘 보이듯 사람의 마음도 욕심이 없으면 고
요해지고 맑아져 순수해진다. 욕심을 비우면 주위에 볼 것이

아무리 많아도 그중 하나만을 보기 때문에 잘 보이는 것이다.

벨기에 화가 제임스 앙소르는 〈가면에 둘러싸인 앙소르〉에서 사람의 마음속에는 가면 쓴 온갖 얼굴들이 살고 있다고 했다. 그러면서 가면은 인간의 본성과 관련이 있다고 보면서, 가면이 실제 얼굴보다 더 진실한 모습일 수 있다고 보았다. 인간 내면 깊숙하게 감추어진 본성을 드러내 주기 때문이다.

시 창작은 세상 곳곳에 숨겨져 아직 밝혀지지 않은 삶의 모습을 발견해내거나 그 속에서 인간의 모습을 발견해내는 작업이다. 풀과 나무, 꽃과 바람, 어둠과 햇살 속에 안겨 있는 삶을 찾는 이정표인 셈이다. 어두워 잘 보이지 않는 것을 찾기 위한 발견의 힘, 즉 안목이 필요하다. 안목은 사물이나 현상을 보고 분별하는 식견이다. 유홍준 교수는 '미를 보는 눈'이라 하여 안목이 높다는 것은 미적 가치를 감별하는 눈이 뛰어남을 뜻한다고 했다. 예술성은 천재성이 아니라 대상과 현상에서 발견해낸 입고출신入古出新이다.

거울 저쪽은 캄캄하고 깊었다
내 시선이 서늘하게 깊은 허공을 내리달아
나와 연결된 끈의 저쪽 끄트머리를 찾아 배회했다
'밤에 거울 보면 곰보 색시 얻는단다'
거울을 들여다보는 아들에게 어머니는 말씀하셨다
그 후로 밤에는 거울 볼 엄두도 내지 못했는데

장가들 나이가 되자 어머니 말씀이 생각나

젊은 여자를 볼 때마다 곰보 자국이 있나 없나

살피는 것이었다

거울 속 미로를 돌고 돌아 나온 끈의 이쪽과 저쪽이 묶이고

한동안, 묶인 끈이 다른 끈의 끝인 것만 같았는데

어느 날,

잠자는 아내의 이마에 곰보 하나 있는 걸 발견했다

오래전, 거울을 통과한 내 시선이 거기 박혀 있었다

　－「확인하다」 전문

　안목의 중요한 요소는 시간이다. 시간이 흐르고 세월이 지나 그동안 보지 못했던 것을 보게 된다. 보는 것도 잊는 것도 세월의 힘이다. "오래전, 거울을 통과한 내 시선이 거기 박혀 있었다". 시간이 지나 만날 수 있는 모습, 겉모습이 아닌 본질을 바라보는 눈도 그렇고 중요한 것과 중요하지 않은 것을 구분할 줄 아는 지혜, 내가 관계를 맺고 있는 것에 책임을 다하고 있는지를 생각하게 하고 깨우쳐준다.

　그는 옛이야기를 통해 자신의 안쪽에 자리하고 있는 때 묻지 않은 삶의 원형성을 만나고 싶어 한다. 아니, 그 원형성을 드러내 보이고 싶어 한다. 그것은 따뜻한 인간과의 만남, 삶과의 만남에 대한 바람이다. 그 속에서 시인은 자신을 만나게 된다. 어렸을 때 간직했던 순수한 마음은 어른이 되면서 때가 묻

어 어떤 것이 나에게 소중한 것인지를 모른 채 늘 피상적인 것들만 좇는 어리석은 어른이 되어버린 것에 대한 반성적 성찰이다.

> 저걸 어떻게 떼야 할까
> 붙은 지 오래된 한 쌍이 떨어질 줄 모른다
> 붉은 눈물로 서로를 껴안고 한사코 한 몸이다
> (…중략…)
> 한번 맺으면 뼈가 삭을 때까지 짝이다
> 평생 함께 흘린 눈물로
> 저리 단단하게 붙은 짝을 보라
> 눈물보다 견고한 접착제를 나는 본 적이 없다
> － 「짝」 부분

'한평생 흘린 눈물로 단단하게 붙은 짝'은 시인의 눈으로 확인한 생각 문법이다. 이런 문법으로 '짝'의 의미를 새롭게 풀어내고 있다. 사람들마다 각자 다른 생각의 문법을 갖고 있고 그 문법에 의해 사람들은 자신의 생각, 자신의 화법을 갖는다. 개개인이 자신이 갖는 생각의 문법을 탐구하는 일은 큰 의미가 있다. 자신의 문법이 갖는 문제점을 깨달은 사람은 좋은 방향으로 생각을 바꾸고, 더 나아가 행동까지 바꿀 수 있기 때문이다.

그의 화법은 이성과 원칙이 아니라 감정과 고정관념에 관한 문법이며, 명시적이 아니라 암묵적으로 실천되는 문법이다. 이것이 그의 생각 화법이고 생각 문법이다. 특히 언어예술로서의 시는 본질에 대한 언어적 발견이며, 시어는 본질을 노크하는 수단이다. 그 대상 그 상황에 가장 알맞은 언어를 찾아 사람의 마음을 움직여 공감하게 한다. 어떻게 보면 시는 궁극적으로 공감과 동화에 의해 인간의 바람직한 변화를 꿈꾸게 한다. 그래서 사람을 움직이는 말에 대한 고민이 없이는 본래적 모습에 대한 탐색도 불가능하다. 이 모든 것이 있는 그대로를 보고 받아들이려는 시인의 순수한 마음에서 가능하다.

세상 모든 사람과 통용되는 언어는 언어 이전의 언어였을 것이다. 그때는 사람들이 얼마나 큰 소통의 힘을 지니고 있었을까 싶다. 그러나 그 이전의 언어는 모든 사람과의 소통만을 뜻하는 것은 아니었다고 믿는다. 그 이전의 언어는 바로 자연과 소통할 수 있는 언어가 아니었을까. 자연이 포진해 있고 그 자연이 내뿜는 메시지에 대해 해석이 가능하고 그 자연이 하고자 하는 말과 의미를 제대로 이해하는 언어, 바로 그 자연 언어가 있었지 않았을까 싶다. 그래서 자연과 자유롭게 소통하며 자연이 전해주는 계시에 귀를 기울이는 것이다. 우리가 자연과 어우러지고 자연과 나누는 그 본래의 회복, 그래서 무한히 자유롭고 무한히 기쁨으로 가득 차고 무한하고 영원한 충만한 세계에 들어가는 것은 아닐까? 하나님은 바로 그것을 우리에게 약속한 것은 아닐까? 그렇게도 시인들이 노래하고 갈

망하던 그 자연의 소유, 그 존재 자체가 되고 싶어 하는 그 지점이 바로 그 뜻이 아닐까?

안병선 시인의 시를 이야기하면서 바벨탑을 떠올리게끔 태초의 언어를 들먹여 거창한 것 같지만, 하나님도 자연과의 교유를 당부했다는 점에서, 하나님이 우리를 회복시킨다는 것은 바로 언어의 회복이고, 그것은 자연과의 하나 됨을 회복하는 일이자 본래적 모습을 회복하는 일이다. 그는 사소한 것에 안겨 있는 하나님의 뜻을 살피면서 형식을 공유하고 자신의 행동과 의견을 동화시켜간다. 동조자로서 정서 예측을 잘한다. 점화 효과는 먼저 제시된 자료가 나중에 만난 상황에 영향을 주는 현상이다. 그가 세상의 곳곳에 드러나지 않은 삶의 진실을 만나는 비결이다.

석양이
하늘가를 능소홧빛으로 물들이고
바다에 풀어지듯
내 마지막 사랑도
오후 세 시의 골고다 십자가처럼 물들게 하소서

눈감을 때
고운 치잣빛 가운데서 평안하게 하시고
다시 눈 뜰 때

찬란한 빛 가운데서 뜨게 하소서

그 빛은
세상에서 못 보던 빛이지만
낯설지 않은 빛이 되게 하소서

자비로운 눈길을 나에게 맞추시고
당신의 피 묻은 손으로 잡아 일으키시고
부드러운 음성으로 말씀하소서

내 사랑하는 자야
나와 함께 거하라

사자가 풀을 뜯고
이리가 어린 양과 함께 살고
독사의 굴에 손을 넣어도
해됨이 없는 거기

나,
당신께 안겨
당신을 높이는 노래 하리니
그 노래

영원히 이어지게 하소서
– 「그날의 기도」 전문

"한 처음에 하느님께서 하늘과 땅을 지어내셨다. 땅은 아직 모양을 갖추지 않고 아무것도 생기지 않았는데, 어둠이 깊은 물 위에 뒤덮여 있었고 그 물 위에 하느님의 기운이 휘돌고 있었다. 하느님께서 '빛이 생겨라!' 하시자 빛이 생겨났다"는 창세기 1장이 생각난다.

그를 만나면 마음은 작은 손길에 열린다는 것을 알게 된다. 마음을 터놓는 것이 서로가 통하는 세상에서 살 수 있는 유일한 방법임을 알게 된다. 본래 하나이던 언어는 입으로 발화되는 것이 아니라 마음으로부터 우러나오고 전해지는 것이다. 굳이 말을 빌리지 않아도 마음이 오가는 것이다. 그는 세상 모두가 하나님 곁에서 사랑하고 하나님 곁에서 빛나기를 소원한다. 그 빛은 세상에서 못 보던 빛이거나 낯설지 않은 빛이기를 원한다. 사자와 이리와 어린 양이 함께 어울려 사는 평화로운 "거기"에서 "당신" 품에 안겨 맘껏 노래를 부르고 투정도 하고 싶다. 태초에 있었던 언어 이전의 언어로 사랑 이전의 사랑으로 안내한다. 때 묻지 않은 순수하고 순결한 사랑에 대한 지향은 그의 원형적 삶을 향한 그리움이리라.

아담의 사과라고?

당신의 목울대가 튀어나온 것이 나 때문인가?

당신이 그날 먹은 것이 뭔지 모르면서

나를 핑계한 건 비겁함이다

꼬임에 넘어가 금지된 열매를 먹은 건

당신 아닌가

맛있어 먹어봐

단물이 뚝뚝, 떨어지는 여자의 말,

그건 명령을 어긴 여자의 발목 잡기였어

꼬드기는 여자와 먹지 말아야 할 과실 중

어느 쪽이 치명적일까?

당신의 후손들이 여자 앞에서 늘

핑계 대는 걸 보면 유전자의 힘이 느껴져

당신을 부르는 신의 음성에 깜짝 놀라

목에 걸려버린 장물贓物

후손의 목에 영원히 남을 흔적인데

이게 무화과일 수도 있지 않은가

당신과 당신의 여자가 무화과 잎으로

몸을 가린 걸 보면

그런데 왜 당신의 사과인가?

왜 나인가?

　－「사과의 항변」전문

아담의 사과는 창세기의 창조 설화에 나오는 욕망의 실체이며 하나님께서 따 먹지 말라고 명한 열매를 가리킨다. 먹으면 선과 악을 알게 된다고 하여 선악과로도 불린다. 창조 신화의 설화 중에, 아담과 하와는 에덴동산에서 이 과실을 따 먹었다. 결과적으로 아담과 하와의 이야기에서 사과는 유혹, 죄에 빠짐, 죄 그 자체의 상징이 되었다. 성인 남자의 목에 있는 후골은 영어로 'Adam's apple'이라고 불리는데 이것은 아담의 목에 걸려 있는 금지된 과일로 인한 것이라는 관념에서 나온 것이다. 사과인지 무화과인지 그건 중요하지 않다. '원죄설'도 알고 보면 인간의 핑계에 지나지 않는 언어적 유희임을 항변한다. 시인은 지금 핑계, 비겁함, 꼬임, 꼬드김, 여자의 말, 발목잡기에 대한 이유 있는 항변을 하고 있는 것이다.

로마 병정 채찍 같은 神의 회초리
'땅이 네게 가시덤불과 엉겅퀴를 내라'
신의 말씀을 거역한 나에게 내려진
꽃으로 맞는 형벌은
맞을 때마다 쫓겨난 곳을 그리워하도록
배려한 신의 뜻이 담겨 있다
그 배려를 잊어버린 나를 위해
신은 다시 강조했다
십자가에서 뺀 못을 버린

골고다언덕에 피꽃이 피었다
부활로 피어난 자줏빛 방울 회초리
'돌아오라'
그래도 나는 그분의 뜻을 알지 못했다
피꽃, 선지자 외침 같은 핏빛 절규를
묘지 사잇길을 가다가 들었다
가시꽃 회초리가 후려치자
심장이 붉은 죄를 울컥, 게워냈다
스르르 무릎이 꺾였다
    -「엉겅퀴」전문

이 시 또한 위 시의 연계 선상에 놓여 있다. 시골에서 농사일을 해본 사람은 알 것이다. 쇠비름, 토끼풀, 바랭이, 피, 비름, 비단풀이 얼마나 많이 자라는지를. 이것이 바로 꽃으로 맞는 형벌 원죄다. 꽃으로 맞는 형벌인 가시덤불과 엉겅퀴는 에덴에 대한 영원한 향수를 기억하게 한다. 골고다에 핀 피꽃과 엉겅퀴는 동의어다. 가시덤불과 엉겅퀴 등 시련과 고난 속에 격정하고 수고할 것을 의미한다.

무지개 한 조각과 떼어낸 바람 한 자락과 노란 별 두어 개와 물든 나뭇잎 서너 장과 신의 인자한 미소가 스테인드글라스에 편집되었다 통과한 빛은 경건하게 꽂히고 울리는 노래는 장엄

하게 고딕이 맞춤처럼 어울리는 여기 천상에서 내려온 천사 둘
이 날개로 아기를 감싸고 있다 그 아래 무릎 꿇고 묵상에 잠긴
나도 엄숙의 포즈로 편집되고 마음은 신의 세계를 탐색한다

　창세기에서 말씀 한 조각과 시편과 사도행전에서 두어 조각
씩 떼어내 스테인드글라스처럼 편집하면 가장 간결한 문체로
귀에 들린다

　'평안하여라'

　─「마음을 편집하다」 전문

"평안하여라". 이 한마디가 바로 시인의 세상을 향한 바람
의 메시지다. 시인의 무지개와 바람과 별과 나뭇잎과 신의 미
소를 편집하는 일은 바로 세상을 새롭게 리메이크하는 일이
다. 편집되고 편집되어 만나는 "말씀 한 조각"이 "평안하여라"
다. 여기에서 우리는 시인의 맑고 고운 삶의 원형질을 만나게
된다.

　세상사 알고 보면 마음먹기에 달려 있다고 했다. 누구의 시
선도 아니고 누구의 마음도 아니고 오직 내 마음을 어떻게 편
집하느냐에 따라 어디에도 안겨 있는 하나님의 말씀을 만나게
된다.

　시는 자연과 인간을 읽는다. 그래서 시를 읽는다는 것은 나
무와 풀, 그리고 물과 바람을 읽고 인간을 읽고 나 자신을 읽는
다는 뜻이다. 인간을 이해하고 나 자신을 이해할 수 있다면 그

자체로 우주를 이해한 것이다. 시 감상은 인간 냄새가 밴 인간 이해다. 하나님이 "당신의 모습대로 사람을 지어내셨다"라고 했다. 작품 속에는 인간이 들어 있어야 한다.

하나님이 천지를 창조할 때 첫째 날―빛, 둘째 날―하늘, 셋째 날―땅과 바다, 넷째 날―낮과 밤, 다섯째 날―새와 물고기, 온갖 생명, 여섯째 날―인간, 당신의 생김을 닮고 당신의 사고를 닮은 인간을 만든 후 일곱째 날에 휴식을 취했다고 한다.

세상의 완성 위에 마침표가 된 인간이기에, 우리의 삶에는 인간이 우선해야 한다. 희망적이고 보람 있고 아름다운 인간의 삶에 대한 배려와 이야기가 담겨 있을 때 그 작품은 돋보이는 것이다. 안병선 시의 미덕은 인간애다.

나는
언제쯤이면
들꽃처럼 홀로 있어도
향기로울까
―「인품」 전문

콩을 심으려면 꼭 세 개―하나는 땅속 벌레의 몫으로, 또 하나는 하늘을 나는 새의 몫으로, 그리고 나머지 하나는 사람의 몫으로―를 심으라는 모 기업의 이념처럼 휴머니티가 사람을 울리게 한다. 그의 시는 인간에 대한 사랑이다. 사람의 마음과 세상을 향한 깊은 이해와 안목, 세상과 사람에 대한 통찰로 질 좋은 시적 상상을 풀어낸다. 따뜻한 인간애가 넘치는 시, 그는 정직하고 순진하고 따뜻한 마음으로 순수하고 맑은 인간성과 인간미를 포기하지 않은 가치를 그린다. 인간에 대한 무한한 신뢰에서 나오는 따뜻한 인간애와 명징한 생각의 깊이로 일상을 재발견한다. 그래서 그는 이미 향기롭다.

외딴 물웅덩이
소금쟁이 한 마리
지게에 소금을 잔뜩 지고
끙,
다리 벌려 일어선다

소금 사려
소금 사려

물 위를 걸으며
외치는 소리 파문처럼 퍼지고

너희는 세상에 소금이 되라

3% 소금 때문에

바닷물은 썩지 않는데

백 명 중 소금 같은 세 사람이 없구나

탄식하며

물 위를 걷는 성자聖者

웅덩이마다 복음을 전한다

　－「소금쟁이」전문

　소금쟁이와 소금 장수, 소금 사려 소금 사려······ 물 위를 걷
는 소리 파문······ 너희는 세상에 소금이 되라······ 웅덩이마다
복음을 전한다. 소금쟁이에서 연상된 의미 발견이 건강하다.

　우리는 시인의 시를 감상하면서 잊어버릴 만하면 또 하나님
의 품 안으로 돌아가는 시인의 모습을 발견한다. 한 치 흐트러
짐 없이 일탈이라고는 용납되지 않는 반듯한 그의 시심은 고
요한 응시에서 비롯한 삶의 진솔한 성찰이 돋보일 수밖에 없
다. 그것으로 충분히 우리를 공감케 한다. 그를 생각하면 네 운
명을 사랑하라는 의미인 '아모르파티Amor fati'가 생각나는 이
유도 여기에 있다. 자신의 운명을 사랑할 줄 아는 사람은 스스
로 존중할 줄 아는 자존감이 있는 언제 어디서든 행복한 사람
이다. 그래서 그는 하나님 안에서 행복하지만 그의 시 안에서
도 행복하다.

안병선 시인의 또 하나의 즐거움은 넓고 깊은 안목에 의한 발견의 즐거움이다. 흔히들 예술의 안목은 높아야 한다고 하지만 시의 안목은 깊고 넓게 볼 때 그 속에 웅크린 본질을 만날 수 있다.

시 창작의 원리는 삶의 재발견이자 재해석이며 재창조다. 대상이 갖고 있는 그 너머에 다른 무엇이 더 있을 것 같은 느낌, 그것을 유지하는 것 또한 예술의 또 다른 매력일 것이다. 들춰서 다시 봐야 할 무엇이 있다는 것, 예술가는 포즈, 즉 일상적인 말 등에 안겨 있는 또 다른 의미를 발견하는 재미가 있다. 물론 시를 접하는 독자 또한 재발견의 즐거움에 동참하게 된다.

　　생육하고 번성하라
　　절대자의 명령이다

　　y는 순종의 징표이고
　　모든 생육과 번성은 y로 이루어진다

　　족보의 맨 처음에 있는 내 뿌리,
　　칠백 년 전 할아버지는 순종형이었다
　　할아버지는 평생, 가지 몇 개를 만들었고
　　그 가지는 다시 몇 개의 y를 밀어 올렸다
　　새로 나온 y마다 또 y를 뻗고

그중 하나인 나도 한 가지 냈으니
y는 생육과 번성의 기호인 셈이다

까치가 y 자 가지에 집을 지어
몇 마리 새끼를 치는 걸 보고
가지가 흐뭇한 것은
같은 유전자를 가진 까닭이다

새와 나무와 나, 언어는 달라도
y 자에 대하여는 같은 해독을 한다
생명에는 신의 기호가 새겨져 있다
　－「번성의 방식」 전문

　백과사전에 보면 Y염색체는 인간을 포함한 대부분의 포유동물에서 볼 수 있는 두 개의 성 결정 염색체 가운데 하나로 인간의 Y염색체는 약 5천만 개의 염기쌍으로 이루어져 있다. Y염색체의 DNA는 아버지로부터 아들로 전이되며, 이에 따라 Y-DNA 분석은 혈통 연구에 사용될 수 있다. X와 Y의 관계성으로 생명의 원형성을 해석해내고 있다.
　나무의 가지와 핏줄의 가지가 서로 닮아 있다는 발견에서 「번성의 방식」이 출발한다. 그래서 "까치가 y 자 가지에 집을 지어 / 몇 마리 새끼를 치는 걸 보고 / 가지가 흐뭇한 것"이다.

Y 유전자를 가진 개체는 생육하고 번성하라는 절대자의 명령에 순종해야 한다. 그래서 Y는 신의 기호가 새겨져 있는 생육과 번성의 기호이며 원형이다.

저것은 계획도시의 도로망

공중에 세우는 도시는

바큇살 모양으로 뼈대를 고정한다

방사선으로 뻗은 도시 중앙엔

로터리가 파문처럼 웅크렸다가

도시가 커지면

제1 순환로 제2 순환로 제3 순환로…

제12 순환로까지 퍼져나간다

순환로는 사실 음침한 늪지대,

발을 들여놓는 순간 목숨을 내놓아야 한다

제아무리 날개를 파닥여도

케블라 섬유보다 강한 줄을 끊을 수 없다

날개가 있어도

제 발 하나 들지 못하는 세계가 있다는 걸

날개만 믿는 것들은 알지 못한다

비 온 뒤에는 물방울 등燈이

교차로마다 반짝이지만

무시하고 달리는 나방들이 있다

밤새도록 Web에 걸려 바둥거리는

날개 짧은 사람이 있다

– 「거미줄」 전문

    공중에 세운 도시의 도로망인 거미줄과 계획도시의 도로망
과 웹의 그물망에 대한 유사성이 시의 출발점이다. 도로망의
확장에 의한 외부 팽창의 문제점도 드러내고, 스스로 갇혀 사
는 현대인의 모습도 오버랩 되는가 하면 "날개만 믿는 것들은
알지 못"하는 세계와 질서를 무시하고 사는 나방 같은 존재도
보인다. 거미줄의 연상이 무궁무진하게 번져간다. 시적 상상
력은 거창한 것이 아니라 우리 삶 그 자체이며 발견과 적용의
원리이며, 거미줄을 통해 "밤새도록 Web에 걸려 바둥거리는 /
날개 짧은 사람"의 의미 생산이 가능해진다. 형상화란 관찰의
힘을 구체적인 삶과 연결 짓는 사색이며 힘이라는 점이 분명
해진다.

토마토가 빨갛게 색이 변하면 익었다 하고

참외도 수박도 고추도 잘 익었다 하는데

왜,

호박이 누렇게 익으면 늙었다고 할까

작년 가을에 수확한 늙은 호박 하나

방 안에 신문 방석 깔고 점잖게 앉아 있다

볼 때마다 왜 늙었다 할까를 생각하다가

마음엔 어느새 어른으로 자리했다

어른이 계시는 그 방 출입도 조심스럽고

큰소리 나올 뻔하다가 눈치 보여서

얼른 마음을 진정시킬 때도 있다

나이 들어 알게 되었다

집 안에 어른이 계시면 싸울 수 없다는 걸

'익었다'를 '늙었다'로 바꿔놓은 화법,

어른이 필요한 시대에

사람보다 대접받는 '늙음'이다

　─「늙은 호박」전문

　이 시의 키워드는 '늙음에 대한 단상'이다. 방 안 윗목에 신문 방석을 깔고 점잖게 앉아 있는 늙은 호박을 보면서 '늙는다는 것'은 다른 한편으로는 그만큼의 연륜과 경륜이 함께하는 세월의 흔적이 있는 것이라는 사실을 짚어낸다. "어른"의 재발견의 즐거움이 있는 시다. 요즘 시대는 어른이 귀하다. 어른은 단지 나이가 많다는 것으로 이해될 문제가 아니라 그만큼 생각의 폭과 깊이가 있어야 하며, 사람을 안아줄 수 있는 포용력도 있어야 하고 삶에 대한 이해가 넓어야 한다. 그러고 보면 요즘은 "어른이 계시는 그 방"이 그리운 시대다. 그래서 시인은 "익었다"를 "늙었다"로, "늙었다"를 "어른"으로 환치하는 화법

을 구사하고 있다. 어른이 필요한 시대에 사람보다 먼저 대접
받는 "늙음"을 화두로 내세웠다.

  소심한 A형
  안으로 안으로 붉게 화가 쌓이면
  안에서 바깥으로
  마침내 금이 간다

  아무리 화가 나도
  불꽃처럼 폭발은 못 하고
  삐죽,
  열꽃만 조금 비출 뿐
  또 참고 만다

  안으로 피는 꽃
  당신은 無火果
  덕분에 삼십 년 동안 우리는
  탈 없이 붙어 있다
    ─「무화과」전문

  연암 박지원의 『열하일기』에 무화과에 관한 이야기가 나
온다.

"이상한 나무 화분이 하나 있는데 잎은 동백 같고 열매는 탱자 비슷하다. 그 이름을 물으니 '무화과'라 한다. 열매는 두 개씩 나란히 꼭지에 잇닿아 달린다. 꽃이 없이 열매가 맺히기 때문에 이런 이름이 붙었다고 한다."

『열하일기』에서와 같이 무화과는 '꽃이 없는 과일'이라는 뜻이지만, 실제로는 꽃이 없는 것이 아니고 존재하지만 화탁(꽃자루 맨 끝의 불룩한 부분)으로 둘러싸여 밖에서는 보이지 않는다.

이 시는 무화과의 생태에 시인의 성격의 한 단면을 기대놓고 있다. 무화과의 속성을 통해 "안으로 안으로 붉게 화가 쌓이면 / 안에서 바깥으로 / 마침내 금이 간다", "열꽃만 조금 비출 뿐 / 또 참고 만다"는 시인의 삶의 속성을 풀어낸다. 그리고 무화과는 아무리 익어도 떨어지지 않고 가지에 그대로 말라붙어 있다는 속성으로 "덕분에 삼십 년 동안" "탈 없이 붙어 있다"는 관계성도 풀어낸다. 대상에 숨겨져 있는 삶을 이해해내고 발견해내는 안목이 깊고도 넓다. 연상에 의한 상상력의 힘이다.

시월입니다
詩月입니다
시월의 오동도는 비어 있지만
그대만 있으면 다 있는 겁니다
백만 송이 등불을 켜려고 몸을 달구는 동백나무와

파도가 차곡차곡 밀어 넣은

바위틈 해조음과

신우대 이파리 서걱거리는 속살거림이

그대를 맞이합니다

형용사 없는 그대의 푸른 깊이입니다

군데군데 팻말로 서 있는 그대를 만나

동박새 노래처럼 경쾌하게

그대와 동행하는 길

오동도 오르내리는 오솔길을

시로 넘는 시월詩越입니다

   -「시월에」전문

시월, 詩月에 맞는 말이 있다면 그 한마디가 바로 "비어 있지
만 / 그대만 있으면 다 있는 겁니다"가 아닐까 싶다. 이 한마디
가 형용사 없는 그대를 향한 푸른 깊이이고 그대와 함께 시로
넘는 시월이고 詩越이다. 간질간질한 사랑 고백 같은 시에서는
봄을 기다리는 동백의 뜨거운 숨소리가 배어 있고 귓가에 속
삭이는 해조음도 들리고 동박새 울음소리도 들리고 그대와 동
행하는 길도 보인다. 오동도의 시월이, 오동도의 오솔길이 포
근하게 안겨온다.

그의 시에는 그의 마음이 담겨 있다. 그리고 말의 홍수 속에
서 이처럼 필요한 말, 꼭 해야 할 말을 하며 살아야 한다. 우리

는 하루 종일 주워 담을 수도 없을 만큼 말을 내뱉고 듣지만, 그 말들이 허공을 빙빙 돌 때가 많다. 말을 하면서도 마음을 담지 않기 때문에 사는 것이 등이 시린 것처럼 아프다고 한다.

시도 마찬가지다. "비어 있지만 / 그대만 있으면 다 있는 겁니다". 이게 바로 시월이다. 그는 시를 쓰는 게 아니라 찾는다. 만드는 것이 아니라 깨닫는다. 없는 것을 만들어내는 것이 아니라 우리가 늘 쓰는 말, 우리 곁에 놓인 말 중에서 지금 내가 표현하려는 것에 딱 맞는 말을 찾는다. 여기저기 두리번거리다 쓸 만한 문장 하나를 발견하면 그것을 그대로 들고 와 종이 위에 내려놓는다. 그는 손이 아니라 눈으로 쓴다. 그래서 그는 하루 종일 뭔가를 찾는다.

결국 시는 대상과 현상을 통해 자신을 재발견하고 자신을 확인하는 일이다. 자신을 보지 못하는 것만큼 슬픈 일이 없다. 시 창작은 이런 새로운 의미를 발견하는 즐거움이어야 한다. 세상에는 우리가 평소에 읽어내기 어려운 삶의 기호가 내장되어 있다는 것, 내장되어 있는 이야기를 드러내 보여주는 작업이 시 창작이다. 마음을 터놓고 이야기를 나눌 수 있어야 한다. 그의 언어는 입으로 발화되는 것이 아니라, 마음으로부터 우러나오고 전해진다. 잔잔한 깨달음이 있어 공감과 울림으로 다가온다.

똥밭에 서서 생각해본다

구절양장 끝자락에서 밀려 나와

봉긋하게 싸놓은

똥들은 생전에 제가 얼마나 잘나갔는지를 말한다

비석이 재잘거리고

석상의 어깨가 으쓱, 목이 뻣뻣하다

그래봤자 똥이다

오래된 똥은 비바람에 흔적도 없고

백 년이 지나면 그 있던 자리에

아파트가 생기고 공장이 세워진다

가만 보니 나는 지금 山의 창자

어디쯤을 지나는 중이다

똥이 되는 중이다

언젠가 끝자락에서 끄응,

힘 한번 주면

어느 산자락 뫼山똥으로 떨어질 것이다

　 – 「산이 똥을 누면」 전문

"니 똥이다", "니 똥 굵다"라는 관용어가 있는 그대로의 의미로 담백하게 오버랩 된다. 시가 이렇게 솔직할 수 있다는 것은 그만큼 순수하기 때문이다. 계산적이거나 인위적이지 않아 더 친근하게 다가온다. 있는 그대로 똥의 존재에 의미를 부여한 단상이다. 우리 모두 현재도 똥이고 죽어서도 똥이다. 참으로 하잘것없는 존재다. 산다는 것이 거창한 것이 아니라 지금 이 순간도 똥이 되고 있는 똥의 문법이다.

『논어』의 '사무사思無邪'는 시를 대할 때 정직하라고 솔직하라고 한다. 시인이나 독자 모두 이런 마음을 가질 필요가 있다는 공자의 문학관이다. 그래서 시를 통해 사랑을 온전하게 느끼길 바라는 마음, 사람들이 서로 잘 통했으면 하는 마음, 잃어버린 자신을 찾았으면 하는 마음이 안병선의 시다. 그의 시는 대상의 본질에 알맞은 삶의 의미를 함축하고 있어 힘차고 울림이 있다. 사소함 속에 숨겨둔 삶의 비경과 진실, 고정관념 너머의 것, 그리고 모르는 것을 알고 싶어 하는 호기심에 의해 아무도 보지 못한 다른 모습을 보는 매력이 있다. 그의 시는 세계에 대한 통섭, 융합, 크로스 오버다. 그래서 울림의 진폭이 크다.

씨, 발아하다

—

초판 1쇄　2018년 10월 10일
지은이　안병선
펴낸이　김영재
펴낸곳　책만드는집
　　　　계간 좋은시조

—

주소　서울 마포구 양화로3길99 4층 (04022)
전화　3142-1585·6
팩스　336-8908
전자우편　chaekjip@naver.com
출판등록　1994년 1월 13일 제10-927호
ⓒ 안병선, 2018

—

—

ISBN　978-89-7944-666-1 (03810)